काव्य कलश

(राम के मनके)

रामजी दौदेरिया

PG PUBLICATION

दिल्ली-110089, (भारत)

संस्करण : 2020
ISBN : 978-93-899841-8-7

प्रखर गूँज पब्लिकेशन
एच-3/2, सेक्टर-18, रोहिणी, दिल्ली-110089
दूरभाष : 7982710571, 7838505899, 011-27851059

प्रथम संस्करण : 2020

आवरण : दुर्गाप्रसाद

काव्य कलश
रामजी दौदेरिया

Kavya Kalash
By Ramji Dauderiya

Published by
PRAKHAR GOONJ PUBLICATION
Delhi-110089
E-mail : prakhargoonj@gmail.com
sinha.neelu123@gmail.com
Ph. : 011-27851059, 7982710571, 7838505899

समर्पण

मेरी रचनाएँ मेरे बब्बा जी स्व. पंडित श्री रामतीर्थ दौदेरिया, मेरे माता पिता गुरुजनों समाज प्रकृति ईश्वर तथा राष्ट्र के जन मानस को समर्पित हैं।

कृपा है ईश्वर की

कृपा है ईश्वर की, प्रतिभा दी जो लेखन की
लेख के जरिए शुभ कामना करता हूँ जन-जन की
इसी माध्यम से बात कह पाता हूँ मन की
कृपा सदा रहे मेरे ऊपर पूर्वजों और भगवन की

लेखन कार्य शुरू करता नाम ले कर श्री गणेश का
आवाह्न करता हूँ श्री ब्रह्मा विष्णु महेश का
माँ सरस्वती के चरणों में मैं वंदन करता हूँ
पाठकों का अपने लेखन में मैं अभिनंदन करता हूँ

रामजी दौदेरिया
कवि, लेखक, गीतकार

शुभाशंसा

लेखन एक ऐसी प्रतिभा है जिसे हर इंसान, हर क्षेत्र में काम करने वाला कर्मचारी या अधिकारी कर सकता है, अगर उस के पास लेखन की प्रतिभा नहीं है, बस लिखने का शौक है, वह भी अच्छा लेखक बन सकता है उसे जिस क्षेत्र या विषय में महारत हासिल हो वह उस पर आसानी से लिख सकता है,

बस लिखने का इरादा होना चाहिए, लेखन धर्मों, कर्मों, अमीरी या गरीबी का मुहताज नहीं है, लेखन एक ऐसी प्रतिभा है जिसे कोई भी स्त्री या पुरुष कर सकता है और अपना, समाज का राष्ट्र का नाम रोशन कर सकता है, इसे अमीर भी कर सकता है, गरीब भी कर सकता है, और बीमार व्यक्ति भी कर सकता है, स्वस्थ्य व्यक्ति भी कर सकता है, पढ़े लिखे लोग भी कर सकते हैं, कम पढ़े लिखे लोग भी कर सकते हैं, अनपढ़ लोग भी कर सकते हैं, बहरे, गूँगे, अंधे और विकलांग जिन के हाथ नहीं हैं वह व्यक्ति भी लेखन कार्य कर सकते हैं, 1/4 ऐसे व्यक्ति अपने विश्वासी मित्र या घर परिवार के व्यक्ति का सहारा ले कर अपने विचार या लेख प्रकट कर सकते हैं 1/2 अधिकारी, इंजीनियर, डॉक्टर, विज्ञानिक, किसान, मज़दूर, सैनिक, व्यापारी, ग्रहणी, साधु सन्यासी, नेता, खिलाड़ी, अभिनेता, गायक, संगीतकार आदि कोई भी कर सकता है, लेखन करने की कोई उम्र नहीं होती बचपन से बुढ़ापा किसी भी उम्र में किसी भी समय लेखन कार्य कर सकते हैं।

लेखन द्वारा हम समाज, देश, दुनिया या किसी व्यक्ति विशेष पर अपने मन के भाव प्रकट कर सकते हैं, लेखन की अनेक विधाएँ होती हैं, हम कविता, कहानी, उपन्यास, पटकथा, गीत, व्यंग आदि के द्वारा अपने मन के भाव प्रकट कर सकते हैं, किसी व्यक्ति विशेष की जीवनी भी लिख सकते, हम किसी भी भाषा में लेखन कार्य कर सकते हैं, समाज में फैली बुराईयों, पर्यावरण और देश के लिए हमें ज़रूर लिखना चाहिए।

हम लेखन द्वारा समाज, देश, दुनिया को एक नई राह दिखा सकते हैं नई धारा में मोड़ सकते हैं, लेखन में अपार शक्ति होती है ज़रूरत है तो इसे मन से कागज में उतारने की।

रामजी दौदेरिया

कवि, लेखक, गीतकार

भूमिका

प्रखर गूँज प्रकाशन द्वारा प्रकाशित यह मेरी पहली पुस्तक, काव्य संग्रह है, इस काव्य संग्रह में जो कविताएँ लिखी हुईं हैं, ये कविताएँ हर हिन्दुस्तानी को पढ़नी चाहिए इन में देश भक्ति की कविताएँ, पर्यावरण के लिए, मंहगाई पर तथा समाज में हो रहे बलात्कार, बेटियों की भ्रूण हत्या व दहेज पर भी कविता लिखी हुईं हैं, इस पुस्तक में कविता के माध्यम से बढ़ती जनसंख्या और आरक्षण से देश की हानि के बारे में बताया गया है। मुझे कहानियाँ सुनना और कविताएँ पढ़ना बचपन से ही पसंद रहा, मैं विद्यालय में कविताएँ और कहानियाँ पढ़ता था, मुझे मेरे बब्बा जी 'दादा जी' स्व. पंडित श्री रामतीर्थ दौदेरिया कहानी सुनाया करते थे उन्हीं से मुझे लिखने की प्रेरणा मिली और मैं लेखन की ओर अग्रसर हो गया, विद्यालय से लौटते वक्त मैं अपने दोस्तों को कहानी बना कर सुनाया करता था। हर रोज़ एक नयी कहानी, मैंने अपने विद्यालय के समय 'छात्र जीवन' में अपनी जीवन की पहली कविता लिखी कविता - मेरा भारतवर्ष महान है, जो इसी कविता संग्रह 'काव्य कलश' राम के मनके, 'जो प्रखर गूँज प्रकाशन द्वारा प्रकाशित' में पहले नम्बर पर छपी हुई है, इसी कविता से मेरी लेखन की शुरूआत हुई है, मेरी कलम से और भी रचनाएँ, कहानी और गीत निकले हैं, जिन्हें बहुत जल्द पाठकों के लिए प्रकाशित किया जाएगा।

आपका अपना

रामजी दौदेरिया

कवि, लेखक, गीतकार

दो शब्द

समाज में कुछ लोग जो अपनी ज़िम्मेदारी के प्रति जागरुक नहीं, अपने समाज और राष्ट्र के प्रति लेखन एक माध्यम हो सकता है। ऐसे लोगों को जागरुक करने का, हम 'लेखकों' को अपनी लेखनी के द्वारा लोगों को जागरुक करने का प्रयास करना चाहिए।

वो अलग बात है कि लोग इन पर कितना अमल करते हैं, हम अलग अलग विधाओं पर लिखते हैं हास्य, प्रेम, व्यंग आदि लेकिन हमें समाज को जागरुक करने के लिए भी लिखना चाहिए, ये हर लेखक की ज़िम्मेदारी भी होती है, अपनी पुस्तक "काव्य कलश राम के मनके" काव्य संग्रह के द्वारा हमारा ये एक छोटा सा प्रयास है।

जय हिंद भारत माता की जय

रामजी दौदेरिया
कवि, लेखक, गीतकार

क्रम तालिका

मेरा भारतवर्ष महान है

मेरा भारतवर्ष महान है, महान है महान है
सारे जग से प्यारा न्यारा देश हमारा है
इस देश की रक्षा करना कर्तव्य हमारा है
मेरा देश ही तो मेरा अभिमान है
हिन्दी यहाँ की मातृभाषा, यही तो हिन्दुस्तान है
भारतवर्ष महान है महान है महान है

इस देश में जन्म लिया बलिदान इसी पर हो जाएंगे
इस देश के लिए हम अपने प्राण तक गवाएंगे
देश को अपने हम और महान बनाएंगे
हमारा यही तो ज्ञान निधान है
अपने देश पर हम बार बार कुर्बान है
भारतवर्ष महान है महान है महान है

यहाँ की नदियाँ यहाँ के पर्वत यहाँ के वन उपवन
यहाँ की मिट्टी यहाँ का जल, स्वच्छ चलती यहाँ पवन
सुंदर सुंदर यहाँ की प्रकृति, जय माँ भारती
तन मन में हिम्मत ज्ञान सदा आप हो भरती
ये सब यहाँ की पहचान है
भारतवर्ष महान है महान है महान है

यहाँ का राष्ट्रीय ध्वज तिरंगा
यहाँ की पवित्र नदी है गंगा
हिमालय यहाँ का पर्वतराज सम्राट है
रखवाली उत्तर की करता, अटल खड़ा विराट है

यह चिर महान है राष्ट्र की शान है
भारतवर्ष महान है महान है महान है

मेरा देश विजय रहा, विजय रहेगा सब में है यहाँ एकता
महाबली महावीरों ने दिखाई यहाँ पर अपनी वीरता
महान मेरा हिन्दुस्ता, कश्मीर यहाँ का गुलदस्ता
मेरे देश पर दुश्मन फते पा नहीं सकता
हमें, भारत माता की आन है
भारतवर्ष महान है महान है महान है

महावीर महापुरुषों की है यहाँ जन्मभूमि
अनगिनत शहीदों ने दे दी यहाँ अपनी कुर्बानी
बहता है नेत्रों से पानी
जब हम सुनते वीर शहीदों की कहानी
शहीदों वीर पुरुषों का यहाँ जन्म स्थान है
भारत वर्ष महान है महान है महान है

मेरा देश तो शक्तिशाली है
इतिहास हमारा गौरवशाली है
देश का इतिहास गर्व करे सदा वीरों पे
जिन्होंने अपना जीवन काटा युद्धों की तलवारों पे
आज़ादी के खातिर दे दी वीरों ने अपनी जान है
भारतवर्ष महान है महान है महान है

लिखा गया इतिहास देश का आज़ादी के वक्त से
भारत के वीर शहीदों के बहते हुए रक्त से
देश हुआ आज़ाद हमारा उन्नीस सौ सैंतालीस, पन्द्रह अगस्त से
मनाते स्वतंत्रता दिवस हम उसी वक्त से

देश का एक एक इंसान आज भी देश पर बलिदान है
भारतवर्ष महान है महान है महान है

महान महान ग्रंथों के निर्माण हुऐ इस देश में
महाकाव्यों वेद पुराणों की रचना हुई इस देश में
युगों युगों से वीर हुऐ इस देश में
ईश्वर के अवतार हुऐ इस देश में
इस देश में हुऐ अनेक विद्वान हैं
भारत वर्ष महान है महान है महान है

ये देशवासियों सुनो रे सुनो रे
अपने देश के लिए कुछ न कुछ करो रे करो रे
देश की सेवा का मौका मिले पीछे ना हटना
देश पर कुर्बानी की बात आए मौत को ना डरना
वीर यहाँ का एक एक इंसान है
भारतवर्ष महान है महान है महान है

हम देश के रखवाले

हम देश के रखवाले रक्षा करेंगे
जाँ देकर भी इसकी रक्षा करेंगे

हम वीर साहसी हिम्मत वाले
दुश्मन से ना डरने वाले
अपने पथ से पीछे ना हटने वाले
आगे ही आगे बढ़ेंगे
रक्षा करेंगे

हम देश के रखवाले रक्षा करेंगे
जाँ देकर भी इसकी रक्षा करेंगे

देश मेरा था, है, रहेगा, वीरों वाला
हर वीर निर्भय, मृत्यु का स्वागत करने वाला
बलिदानी वीरों का राष्ट्र भारत एक घर है
मौत से कोई ना डरता हर वीर देश पे निछावर है
अंतिम श्वास तक देश के लिए लड़ते रहेंगे

हम देश के रखवाले रक्षा करेंगे
जाँ देकर भी इसकी रक्षा करेंगे

देश में मेरे भाषा, संस्कृतियाँ हैं अनेक
यहाँ सब मिलजुल कर रहते हैं एक
हमारी शांति संस्कृति के अनेक बने भक्षक हैं

नाकाम रहे इस में, हर इंसान राष्ट्रधर्म रक्षक है
जाँ देकर भी देश की संस्कृति बचाऐंगे

हम देश के रखवाले रक्षा करेंगे
जाँ देकर भी इसकी रक्षा करेंगे

पाकिस्तान को नसीहत

पाकिस्तान तू पाक नहीं पाप है
पर मत भूल हिन्दुस्तान तेरा बाप है

पहले प्यार से समझाते हैं समझना बेटा
वरना ऐसा तोड़ेंगे ज़िंदगी भर रह जायेगा लेटा

खड़ा होना तेरे लिए नामुमकिन हो जाएगा
चीन क्या बचाएगा तुझे, खुद हिल जाएगा

उन सब के फ़न कुचले जायेंगे
जितने भी पाल रखे तू ने आतंकी साँप हैं

पाकिस्तान तू पाक नहीं पाप है
पर मत भूल हिन्दुस्तान तेरा बाप है

औकात नहीं तेरी खीर खाने की
बात करता है कश्मीर पाने की

सफल नहीं होने देंगे तेरे नापाक इरादे
तुझे जितनी गाली दी जाए कम है हरामजादे

हिन्दुस्तान के सामने तेरी क्या औकात है
पाकिस्तान तू पाक नहीं पाप है
पर मत भूल हिन्दुस्तान तेरा बाप है
पाकिस्तान तू शैतान है हैवान है आतंकियों का स्थान है
अब वो दिन दूर नहीं जब बन जाएगा तू कब्रिस्तान है

बंद कर दे हरकतें करना कायराना
वरना कुत्ते की तरह पड़ेगा मरना
सारी दुनिया के लिए तू तो अभिशाप है

पाकिस्तान तू पाक नहीं पाप है
पर मत भूल हिन्दुस्तान तेरा बाप है

पाकिस्तान तू कितने भी बना ले परमाणु
लेकिन हिन्दुस्तान के सामने रहेगा तुच्छ जीवाणु
भारत जब चाहेगा तुझे खत्म कर देगा
तुझे तेरे हथियारों के साथ दफन कर देगा
मत छूना सरहद भारत की भस्म
हो जाओगे इतना इसमें ताप है

पाकिस्तान तू पाक नहीं पाप है
पर मत भूल हिन्दुस्तान तेरा बाप है

किस बात का गुरूर है तुझे ऐसा क्या तेरे पास है
हिन्दुस्तान के सामने तू तो मरी हुई एक लाश है
वो दिया हुआ हिन्दुस्तान का है जो कुछ भी तेरे पास है
हिन्दुस्तान की जमी है हिन्दुस्तान का आकाश है
क्या ये एहसास है
हिन्दुस्तान मंगल पर पहुँचा, तू अभी अमंगल है
हिन्दुस्तान से मत टकराना
तेरे टुकड़े टुकड़े हो जायेंगे हिन्दुस्तान एक दंगल है
बाण सर्व का टूट गया बहुत हुई अब वार्तालाप है
पाकिस्तान तू पाक नहीं पाप है
पर मत भूल हिन्दुस्तान तेरा बाप है

एक पल में फैसला कर देंगे हम तेरी तकदीर और तस्वीर का
ख्वाब देखना भूल जाएगा तू मेरी कश्मीर का
कौन सुनेगा तेरी विनती, तू किस गिनती में
मरने के लिए खड़ा तू मृत्यु मरण में
तेरे हित में होगा,

भारत माँ के चरण छू कर आजा भारत की शरण में
बहुत हुई बातचीत तुम से बहुत हुआ संवाद
अब तो एक ही आवाज़ गूँजेगी पाकिस्तान मुर्दाबाद
सारे विश्व में छाई हिन्दुस्तान की छाप है

पाकिस्तान तू पाक नहीं पाप है
पर मत भूल हिन्दुस्तान तेरा बाप है

वृक्षों के काटने से कष्ट नहीं होते वन को

वृक्षों के काटने से कष्ट नहीं होते वन को
वृक्ष अगर काटोगे तो हानि होगी जन जन को

सोचा कभी क्या तुम ने मानव, ना होते वृक्ष वन
श्वास लेते कैसे, कैसे चलता हमारा जीवन
वृक्ष देते वायु हमें श्वास देने को
छाया करते, फूल देते, फल देते खाने को

और प्रदूषण दूर करते, पर्यावरण स्वच्छ बनाते
जीवन में लाभ देते हर मानव को सुख पहुँचाते
वनों से जड़ी बूटियाँ मिलती लकड़ी की होती प्राप्ति
अधिकाधिक तुम पौधे लगाओ वृक्षों की करो पूर्ती

रक्षा करो वृक्ष व्यर्थ ना कटने पाए एक
ज़रूरत पर काटो एक, लगाओ अनेक
लाभ ही लाभ वृक्षों से बढ़त है स्तर पानी का
क्यों वृक्ष काटते मानव कार्य करते मनमानी का

वृक्षों के पत्ते धूप सहते हमें फिर भी छाया देते
अपने फल स्वयं ना खाते, हमे हैं खिलाते
वृक्ष ना कटने पाए ये प्रतिश्रा करो मन से
मानव को लाभ दे रहे ये पुरातन से

एक वृक्ष सौ सुपुत्र समान
लगाने से पुण्य मिलता बढ़ता सम्मान

वन वृक्ष, प्रकृति का अनमोल वरदान
ना काटो इन्हें, पेड़ पौधे लगाओ इंसान

वृक्षों के काटने से कष्ट नहीं होते वन को
वृक्ष अगर काटोगे तो हानि होगी जन जन को

आज कल के नेता

आज कल के नेता देखो आज कल के नेता
नाटक करते ऐसे जैसे सबसे बड़े अभिनेता

पहन के कुर्ता टोपी सफ़ेद, काम करते हैं काले
एक दूजे को बुरे बताते, खुद बनते भोले भाले
देश में चारों तरफ करते घोटाले
मत पड़ना कोई इन के पाले
आज कल का नेता घूस है लेता

आज कल के नेता देखो आज कल के नेता
नाटक करते ऐसे जैसे सबसे बड़े अभिनेता

चुनाव के समय बड़े बड़े वादे ये कर जाते
चुनाव जीत जाते विकास ना कराते कहीं नज़र ना आते
पाँच साल में जेबें अपनी हैं भर जाते
वोट माँगने के लिए फिर हाथ जोड़ आ जाते
जनता की ना सुनते जनता ने बनाया इन्हें विजेता

आज कल के नेता देखो आज कल के नेता
नाटक करते ऐसे जैसे सबसे बड़े अभिनेता

कर कर के इन्होंने वादे झूठे
भोली भाली जनता को लूटे
व्यर्थ की करते बयान बाज़ी
घुटाले करना बन गया इनकी खाजी

करते हैं बड़ी-बड़ी रैलियाँ
एक दूसरे को देते हैं गालियाँ
हर इंसान इन से बैठा चेता

आज कल के नेता देखो आज कल के नेता
नाटक करते ऐसे जैसे सबसे बड़े अभिनेता।

आरक्षण या भक्षण

आरक्षण रुपी भक्षण, कौन देश में लाया
प्रतिभाशालियों की प्रतिभा में दीमक इस ने लगाया

प्रतियोगिता की हौड़ में
गधे जीते दौड़ में
बाँध घोड़ों के बेड़ीयाँ पाव में गधों को जिताया

आरक्षण रूपी भक्षण, कौन देश में लाया
प्रतिभाशालियों की प्रतिभा में दीमक इस ने लगाया

भारत क्या ऐसे बनेगा विश्व गुरू
यहाँ हर काम आरक्षण से होता शुरू
यहाँ आरक्षण के हैं अध्यापक
मार दी शिक्षा की जक
ये आरक्षण के शिक्षक
बच्चों को बना देगे भिक्षक
मर रही प्रतिभा, भविष्य हो रहा जाया
आरक्षण से देश का विकास ना हो पाया

आरक्षण रूपी भक्षण, कौन देश में लाया
प्रतिभाशालियों की प्रतीक्षा में दीमक इस ने लगाया

आरक्षण से बनें इंजीनियर के बने पुल गिर जाते
जन धन की होती हानि कितने निर्दोष मर जाते
आरक्षण से बनें डॉक्टर

बीमारी का नहीं बीमार का कर देते भक्षण
प्रतिभा इसे नज़र ना आती कैसा ये दर्पण है
सच में आरक्षण एक भक्षण है
इस आरक्षण ने अब तक कितना हुनर खाया

आरक्षण रूपी भक्षण, कौन देश में लाया
प्रतिभाशालियों की प्रतीक्षा में दीमक इस ने लगाया

बलात्कारियों को फाँसी हो

क्यों थम नहीं रहा सिलसिला बलात्कार का
शासन प्रशासन ज़िम्मेदार या संविधान बेकार का
कठोर से कठोर कानून बनेगा कब
बलात्कारियों को फाँसी हो अब

शासन प्रशासन संविधान से बेटियों की
रक्षा ना हो पाएगी
सुराक्षित होगी जब स्वंय बेटी दुर्गा काली,
रानी झाँसी वाली बन जाएगी
बलात्कारियों को ना माफी हो
फाँसी हो बस फाँसी हो फाँसी हो

इंसानियत हो रही शर्मसार
हर दिन हो रहे यहाँ बलात्कार
हे देश की बहनों बेटियों हम शर्मिंदा हैं
बलात्कारी हवस के पुजारी समाज में अभी ज़िंदा हैं

जनसंख्या नियंत्रण कानून बनाओ

हिन्दुस्तान की यही पुकार
जनसंख्या नियंत्रण कानून बनाओ सरकार

अब तो समस्याएँ बढ़ती जा रही जनसंख्या के कारण
होना चाहिए अब बढ़ती जनसंख्या का निवारण
नौकरी धंधे रोज़गार की पड़ी मारामार
चारों ओर देश में मचा है हाहाकार

कठोर जनसंख्या नियंत्रण कानून बनाओ सरकार
हिन्दुस्तान की यही पुकार

बेरोज़गार की समस्या की सबसे बड़ी समस्या
बढ़ती हुई जनसंख्या
हर असुविधा की सबसे बड़ी समस्या
बढ़ती हुई जनसंख्या
भारत भूमि पर मत लादो
बढ़ती जनसंख्या का भार
ऐसे ही बढ़ती रही जनसंख्या ना रहने को स्थान होगा
ना होगा रोज़गार

कठोर जनसंख्या नियंत्रण
कानून बनाओ सरकार
हिन्दुस्तान की यही पुकार

हम दो हमारे दो, हो सब के दो
अब तो ऐसा कानून बना दो
बढ़ती हुई जनसंख्या के कारण
मची है भीड़ की भरमार
रेल, बस, सड़क पर जगह ना मिलती
मची है अस्पतालों में हाहाकार
कठोर जनसंख्या नियंत्रण कानून बनाओ सरकार
हिन्दुस्तान की यही पुकार

रामजी दौदेरिया

बढ़ता प्रदूषण हमारी ज़िम्मेदारी

हम ने ही घोला सारे वायुमंडल में प्रदूषण
प्रकृति के दुश्मन हम, बन गये खरदूषण

ये ज़िम्मेदार वो ज़िम्मेदार कहना बंद करो
एक दूसरे पर ना तंज करो
हम हैं ज़िम्मेदार ये स्वीकार करो
मिल कर समाधान करो,
स्थिति ना बेकार करो

कुदरत ने हमें अमृत दिया, हम इसे ज़हर किया
अपना जीवन स्वंय हम ने कहर किया
धूम्रपान हम करते
हरे भरे पेड़ हैं मरते

कारख़ानों से निकलते धुआँ
देखो बन रहे हैं ज़हर का कुआँ
दूषित कर देते हम स्वच्छ ताजी वायु को
स्वयं नष्ट करते हम अपने जीवन आयु को

प्रकृति ने दिया हमें हर मौसम रंगीला
सुनहरी भरी धरती और अम्बर नीला
हम ने बना दिया सारा वायुमंडल ज़हरीला

हम इंसानों का दिल दिमाग हो गया पथरीला
हम ने ही घोला सारे वायुमंडल में प्रदूषण
प्रकृति के दुश्मन हम, बन गए खरदूषण

जल है तो कल है

मछली जल की रानी है
लेकिन जीवन उस का ही नहीं सब का पानी है

जल है तो कल है, जल ही जीवन है
बिन बारिश बेरंग सावन है

पेड़ लगाओ, जल बरसाओ
जल बरसाओ, पेड़ लगाओ
पेड़ लगाओ, पर्यावरण बचाओ
पर्यावरण बचाओ, जल बरसाओ
जल बरसाओ, जल स्तर बढ़ाओ
जल स्तर बढ़ाओ, पर जल बचाओ
पेड़ लगाओ, मानव जीवन बचाओ
जन हित में जारी, ये विनती हमारी

छूना आसमान

मेरा अरमान है
छूना आसमान है

काँटों राहों पर चलना है
कठिन हलातों से लड़ना है
बिन धागे की पतंग बन के उड़ना है
आसमा छूना है, राहों में ना रुकना है
अपने कर्मों से, मानवता के धर्मों, से जीतना जहान है

मेरा अरमान है
छूना आसमान है

लक्ष्य कितना बड़ा, कितनी बड़ी हो प्यास
परिश्रम से सफलता की पूरी होती आस
श्रम से पहुँच जाता इंसान अपने लक्ष्य के पास
होना चाहिए मजबूत बस अपना आत्मविश्वास
बनना परिश्रमी, आत्मबलवान है

मेरा अरमान है
छूना आसमान है

गुरु तो ईश है

गुरु तो ईश है, गुरु से ज्ञान है, ज्ञान से इंसान है
बिन गुरु ज्ञान नहीं, बिन ज्ञान इंसान अज्ञान है

गुरु प्रेरणा देता हमें सत्य मार्ग पे चलने की
साहस देता जीवन में विपत्तियों से लड़ने की
गुरु ज्ञान से प्राप्त होती जीवन में सफलता
जीवन धन्य, जो गुरु की राह पर चलता
जग में यश पाता जो गुरु का करता सम्मान है

गुरु तो ईश है, गुरु से ज्ञान है, ज्ञान से इंसान है
बिन गुरु ज्ञान नहीं, बिन ज्ञान इंसान अज्ञान है

अज्ञान को ज्ञान देता गुरु वो प्रकाश है
प्रकाशमय जीवन उस का, जिस का गुरु पर विश्वास है
गुरु को छोड़ ज़रूरत नहीं कहीं भटकने की
ज़रूरत है गुरु ज्ञान को जग में बाँटने की
गुरु के उपदेशों पर करना चाहिए ध्यान है

गुरु तो ईश है, गुरु से ज्ञान है, ज्ञान से इंसान है
बिन गुरु ज्ञान नहीं, बिन ज्ञान इंसान अज्ञान है

करता गुरु सर्वश्रेष्ठ मार्गदर्शन है
सच्च्वाई दिखाता जीवन की, गुरु वो दर्पण है
गुरु ज्ञान का भंडार है
तीर्थ पथ, मंदिर का द्वार है

इंसान को बना दे महान गुरु वो भगवान है
माँ पिता हैं पहले गुरु, उन से जग में ना कोई महान है

गुरु तो ईश है, गुरु से ज्ञान है, ज्ञान से इंसान है
बिन गुरु ज्ञान नहीं, बिन ज्ञान इंसान अज्ञान है

मानवता

स्वार्थ के लिए अपने, क्यों सताते मानव को मानव
जगत में कर्म बुरे करते मानव, क्यों बनते दानव
इंसान एक दूसरे को देते कष्ट और शूल
मानवता धर्म नहीं निभाते, क्यों जाते भूल

सारे बुरे कर्म करते, दूसरों का रक्त बहाते
अनेक पाप कमाते, घड़ा पाप का भरते जाते
भर कर फूटता घड़ा पाप का जब
बच नहीं सकते ईश के प्रकोप से तब

ईश्वर भी क्षमा नहीं करता, सताता मौत का भय
पाप करते रहे, पुण्य नहीं कि सोचते तब यह
भेजा नर को ईश ने करने पुण्य सत्यकर्म और दान
ज्ञान विकसित पास तुम्हारे क्यों बनते अज्ञान

दूसरों को पीड़ा देना समाप्त करो हे नर
विनय करो ईश से ना भटके जीवन पथ पर
अपने कष्ट पीड़ा से जीवन में ना विचलित होना
जीवन एक युद्ध है धैर्य रखना, ना साहस खोना

जीवन में हमारे अनेक कष्ट हैं आते
उन सब से हम संघर्ष करते जाते
इतना साहस होना चाहिए भीतर हमारे
सागर में नीर, नभ में चमके जितने तारे

हर इंसान के जीवन में सुख दुख आता है
जोड़ा ये जीवन का, ना कोई इन से बच पाता है
अपने धन बल यश वैभव पर ना करना अभिमान
भटके को राह दिखाना, किसी का मत करना अपमान

जो दूसरो का अपमान करते, गलत राह बता देते हैं
ईश्वर जीवन पथ से उन्हें भटका देते हैं
जो दूसरों के लिए जीते, दूसरों का करते परोपकार
वही सच्चा इंसान है, करता ईश्वर उस पर उपकार

इस जग में जाना जाता मानव अपने कर्मों से
पा जाता ईश्वर को भी पुण्य प्रेम मानवता के धर्मों से
जुर्म ना करना, जुर्म ना सहना दोनों ही पाप हैं
जो भोगता मानव वो कर्मों से अपने आप हैं

जिन्हें मानव जन्म मिला वो धन्य हैं
पूर्व जन्म में किए होगे पुण्य हैं
मानव ईश्वर की अद्रभुत सुंदर सृष्टि है
उसकी सदैव सब पर समान दृष्टि है

स्वार्थ ईर्ष्या निकाल दो जो है मन में
सत्यकर्म करना सदैव मानव जीवन में
कर सको तो भला किंतु बुरा ना किसी का करना
सब से, मधुर वाणी बोलना कटु वचन ना कहना

जीवों पर दया करो

जन जन के मन मन में दिखती नहीं दया की उम्मीद
प्रेम नहीं जीवों से, आँखों में है स्वार्थ की नींद
पशु पक्षी दुखी है, प्यासे और भूखे हैं
चरभूमि में चारा नहीं, जलाशय सारे सूखे हैं
कहाँ से ये जल भोजन ग्रहण करें
इंसान सोचता नहीं, कैसे ये पेट भरें

पक्षियों पशुओं के बारे में कोई नहीं करता विचार
पेट भरने के लिए, इंसान करते खुद इनका शिकार
कितने जीव समाप्त हो गये, जो बचे वो भी होते जा रहे
मानव बन के दानव इन्हें भोजन अपना बनाते जा रहे
हे नर दया करो जीवों पर इन्हें ना सताओ
पेट के लिए अपने इन्हें ना आहार बनाओ

पक्षियों को कैद करो ना पिजड़े में
इन्हें भी दर्द होता अपनो से बिछड़े में
इन जीवों का जीवन संसार सारा है
जैसे संसार हमारा जीवन हमारा है
इन्हें भी अपना जीवन जीने का अधिकार है
बेजुबानों को जो सताए उन पर धिक्कार है

सरहद पर खड़ा रहना आसान नहीं

सरहद पर खड़ा रहना इतना आसान नहीं है सहाब
तोप से देना पड़ता दुश्मन की गोली का जवाब

भूलनी पड़ती अपने अरमानों की किताब
रखना पड़ता हैं दुश्मनों का हिसाब
ना नसीब होता माँ के हाथ का खाना लाजवाब
ना दे पाते हम महबूबा को अपने हाथ से गुलाब

सरहद पर खड़ा रहना इतना आसान नहीं है सहाब
तोप से देना पड़ता दुश्मन की गोली का जवाब

हमे हमारे बचपन के दिन बहुत याद आते हैं
पुराने दोस्तों से अब यादों में ही मिल पाते हैं
हम आएंगे जरूर जाते जाते बस इतना कह जाते हैं
अगर खुशनसीब रहे तो तिरंगे का कफ़न पाते हैं
तिरंगे में लिपट कर शान से घर अपने आते हैं
वो मेरा गाँव, पानी में तैराते कागज की नाव,
वो बरगद की छाव

सरहद पर खड़ा रहना इतना आसान नहीं है सहाब
तोप से देना पड़ता दुश्मन की गोली का जवाब

राम मंदिर का निर्माण चाहिए

ना धनुष चाहिए ना बाण चाहिए
हमें ना किसी के प्राण चाहिए
हमें ना कोई प्रमाण चाहिए
हमें बस राम मंदिर का निर्माण चाहिए

ना दंगा चाहिए ना पंगा चाहिए
हमें ना किसी से चंदा चाहिए
हमें तो लहराता हुआ तिरंगा चाहिए
स्वच्छ बहती हुई नदी गंगा चाहिए

हमें ना अपना सम्मान चाहिए
हमें ना किसी का अपमान चाहिए
हमें वन्देमातरम्, जन गण मन गान चाहिए
राष्ट्र का सम्मान चाहिए, खुशहाल किसान चाहिए

हमें ना हीरे मोतियों की बिन्दी चाहिए
देश में ना मंदी चाहिए
सारा भारत स्वच्छ चाहिए,
एक भी गली ना गंदी चाहिए
हमें अपनी राष्ट्र भाषा हिन्दी चाहिए

ना धनुष चाहिए ना बाण चाहिए
हमें ना किसी के प्राण चाहिए
हमें ना कोई प्रमाण चाहिए
अयोध्या में राम मंदिर निर्माण चाहिए

भिखारी पाकिस्तान

इस ने लात मारी उस ने लात मारी
पाकिस्तान अंतरराष्ट्रीय बना भिखारी
दुनिया भीख दे दे कर उस से हारी
त्राहि त्राहि पाकिस्तानी जनता पुकारी
मची है पाकिस्तान में भुखमरी
दिन चल रहे पाकिस्तान के आखिरी

हिन्दुस्तान को चाँद चाहिए,
पाकिस्तान को चंदा
क्योंकि पाकिस्तान है भिखमंगा
आर्थिक रूप से हो गया तंगा
हिन्दुस्तान से ले लिया पंगा
हिन्दुस्तान ने कर दिया
सारे जग में पाकिस्तान को नंगा
चाँद पर लहराएगा हमारा तिरंगा

आन-मान-शान देश का जवान

यूँही नहीं चलते हम खुले आसमान में शान से
सरहद पर खेल रहा कोई अपनी जान से
तभी मना पाते हम अपने घर त्योहार
देश की रक्षा के लिए वो सरहद पर खड़े तैयार

होली हो या हो दिवाली
चौबीसों घंटे करता वो हमारी रखवाली
असली फर्ज निभाता वो रक्षा बंधन का
आन मान शान है वो अपने वतन का
देश भक्ति क्या होती सीखनी चाहिए हमे उस जवान से

यूँही नहीं चलते हम खुले आसमान में शान से
सरहद पर खेल रहा कोई अपनी जान से

यूँही नहीं हम घर में चैन से सोते
सरहद पर खड़े अगर जवान ना होते
यूँही नहीं बरस रहा देश में चमन
बांध कर चल रहा कोई सर पर कफ़न
तिरंगे में लिपट कर आता जिन का शव
देख कर शव बेटा बोला फौज में जाऊँगा मैं भी अब
मिट्टी सीने से लगा कर विदा हो जाते जो हिन्दुस्तान से
यूँही नहीं चलते हम खुले आसमान में शान से
सरहद पर खेल रहा कोई अपनी जान से

हिन्दुस्तान की शान किसान

हम करते किसान का गुणगान
हिन्दुस्तान की शान, किसान

जिस के कंधे पर सारे भूमंडल का भार है
उस धरती पुत्र को मेरा प्रणाम बारम्बार है
देश की खुशहाली हरयाली जिस का चमत्कार है
सारी दुनिया को उस किसान पर आभार है
बंजर भूमि में भी उगा दे धान
हिन्दुस्तान की शान, किसान

सारे जग का पेट हैं भरता
हर मौसम श्रम है करता
सर्दी, गर्मी चाह हो बरसात
सुबह, दोपहर, शाम चाह काली को रात
राष्ट्र को रखना चाहिए उस के श्रम का मान
हिन्दुस्तान की शान, किसान

किसान की श्रम का सही दाम दे सरकार
प्रकृति आपदा में भी मेहनत ना जाए बेकार
फंड बीमा पेंशन किसान का भी अधिकार
एक बार इस पर भी विचार करें सरकार
उन्हें भी मिले उन का सम्मान
हिन्दुस्तान की शान, किसान

धरती से उगाता जो सोना
फिर क्यों पड़ता उन्हें रोना
कर्ज तले ना दबे कोई किसान
ना देनी पड़े किसी को अपनी जान
कर्ज मुक्त हो किसान सारा हिन्दुस्तान
हिन्दुस्तान की शान, किसान

हम करते किसान का गुणगान
हिन्दुस्तान की शान, किसान

भोजन जन-जन का अधिकार

भोजन जन जन का अधिकार है
भूख के कारण कोई कुपोषित, बीमार है
जितने लोग यहाँ भूखे सोते
उससे अधिक भोजन यहाँ बर्बाद होते

एक कण भी ना छोड़ना थाली में
व्यर्थ ना बहाना नाली में
जितनी तुम्हारी भूख हो भोजन उतना ही लेना
भिक्षुक को भिक्षा भले ना देना पर भोजन उसे करा देना

भूख क्या होती एक दिन भूखे रह कर जानो
अपनी भूख छोड़, दूसरों की भूख पहचानो
मेरी विनती रोटी के लिए कोई जग में ना रोए
भूखा ना कोई काम करे भूखा ना कोई सोए

किसी गरीब को तुम रहने ना देना भूखा
पकवान नहीं दे सकते, दे देना रूखा सूखा
आओ हम एक पहल करें भूख से कोई ना मरे
पेट के खातिर गरीब कोई आत्म हत्या ना करे

जल, भोजन का ना कभी कोई मोल लगाना
अनमोल जल की एक एक बूँद भोजन का एक एक दाना
व्यर्थ बर्बाद ना करना व्यर्थ ना बहाना
जागरूक बनो जागरूक सब को बनाना

पहले हम हैं एक इंसान

ना हिंदू ना मुसलमान
पहले हम हैं, एक इंसान

खत्म करो नफ़रत की आग को
महका दो प्यार भाईचारे के बाग को
दिल में दया रखो जुवाँ पे राम
मिलकर करो भाईचारे से काम
सब से पहले मानवता, राष्ट्रधर्म हो हमारी पहचान
ना हिंदू ना मुसलमान
पहले हम हैं, एक इंसान

हिंदू मुस्लिम में नफ़रत फैलाते कुछ लोग जमाने से
नेताओं को मतलब अपनी राजनीति चमकाने से
कुछ ना मिलेगा नुकसान हमारा होगा आपस में खून बहाने से
हम रहे मिलकर, बातों में ना आए किसी के फुसलाने से
राष्ट्रीय एकता हमारी आन मान शान
ना हिंदू ना मुसलमान
पहले हम हैं, एक इंसान

ईश्वर एक है, एक है मंदिर मस्जिद गुरुद्वारा
नफ़रत खत्म हो सदा रहे भाईचारा हमारा
भारतवर्ष की धरती को आओ मिलकर नमन करें
बसी हैं दिलों में नफ़रते आओ इन का दमन करें
घर है अपना सारा हिन्दुस्तान

ना हिंदू ना मुसलमान
पहले हम हैं, एक इंसान

हम ना एक दूसरे के घर जलाए
आओ मिलकर देश को एक घर बनाए
शांति से रहे दिलों में प्यार बसाए
हम अज्ञानी है इंसान
बुद्धि सदबुद्धि हमे दो भगवान
ना हिंदू ना मुसलमान
पहले हम हैं, एक इंसान

ईश्वर, अल्हा, गॉड, रब

ईश्वर, अल्हा, गॉड, रब
तू ही तो हो सब, भगवन तू ही तो हो सब

इसे पूजूं चाह उसे पूजूं बात है एक
नाम तेरे अनेक भगवन नाम तेरे अनेक
नाम से क्या करना, मुझे काम है भक्ति का
श्रद्धा से पत्थर भी पूजूं प्रताप मिले तेरी शक्ति का
श्रद्धा से पूजोगे जब, मनोकामना पूर्ण होगी तब
ईश्वर, अल्हा, गॉड, रब
तू ही तो हो सब, भगवन तू ही तो हो सब

इंसान ने इंसान को बाँटा जातिपाति से
राम को बाँटा रहीम से, रहीम को बाँटा राम से
इंसान ने इंसान में भेदभाव पैदा किया भाँति भाँति से
नाम से बाँटा काम को, काम को बाँटा नाम से
भेदभाव दूर होगे तब, हम एक हो जायेंगे जब
ईश्वर, अल्हा, गॉड, रब
तू ही तो हो सब, भगवन तू ही तो हो सब

आप ने भगवन कायनात बनाई
इंसान ने यहाँ पर जात बनाई
आप ने भगवन आग बनाई
इंसान ने दुनिया में आग लगाई
हमें सदबुद्धि भगवन दोगे कब
ईश्वर, अल्हा, गॉड, रब
तू ही तो हो सब, भगवन तू ही तो हो सब

फटी लंगोटी सूखी रोटी

फटी लंगोटी सूखी रोटी हम इतने में ही संतुष्ट हैं
वो भी हम से छीन ले गये इस दुनिया में ऐसे दुष्ट हैं

इस दुनिया में अमीरों को सैलयूट है
गरीबों की इज्जत की लूट है
दाने दाने को गरीब तरस रहे
आँखों से आँसू बरस रहे
गरीबी नरक है गरीबी कुष्ट है

फटी लंगोटी सूखी रोटी हम इतने में ही संतुष्ट हैं
वो भी हम से छीन ले गये इस दुनिया में ऐसे दुष्ट हैं

रोटी कपड़ा मकान नहीं हैं, फुटपाथ पे बसते हैं
आते जाते अमीर घमंडी, गरीबी पर हँसते हैं
गरीब की गरीबी के कोई नहीं करीब
रोना रोना ज़िंदगी भर उसका नसीब
ईश्वर भी लगता हम से रुष्ट हैं

फटी लंगोटी सूखी रोटी हम इतने में ही संतुष्ट हैं
वो भी हम से छीन ले गये इस दुनिया में ऐसे दुष्ट हैं

गरीबों को कोई शिक्षा नहीं देता
माँगने पर कोई भिक्षा नहीं देता
खून पसीने से की जो कमाई

उस में भी दुनिया ने आग लगाई
गरीबों का हक खा कर, कुछ लोग हृष्ट पुष्ट हैं

फटी लंगोटी सूखी रोटी हम इतने में ही संतुष्ट हैं
वो भी हम से छीन ले गये इस दुनिया में ऐसे दुष्ट हैं

शेर-ए-हिन्दुस्तान

सिंह, असली सिंह था दहाड़ता सिंह समान
भारत माता का सपूत, शेर ए हिन्दुस्तान

भारत का पुजारी, महान क्रांतिकारी
डरते थे जिससे अंग्रेज अधिकारी
बम फेक जिस ने गोरों की नीद उड़ा डाली
क्रांति की आग दिल दिल में लगा डाली

जलिया वाला बाग में खून बहा था, जैसे पानी
मरी वहाँ औरतें, बच्चें, वृद्ध, युवाओं की जवानी
तभी संकल्प कर दिया एक बच्चे ने,
देश भक्त सच्चे ने, गोरों को भगाने का
प्रण किया हर हिन्दुस्तानी के दिल में
क्रांति की आग लगाने का

बोई थी खेत में उस ने बंदूकें और गोलियाँ
आज़ादी के खातिर चली वहाँ से देश भक्त की टोलियाँ
गूँज रहे थे नारे इंकलाब की बोलियाँ
आज़ादी के दीवानों ने खेली खून से होलियाँ

आज़ादी के लिए, हँसते हँसते कष्ट अनेकों झेले थे
एक साथ आज़ादी के त्रिदेव फाँसी पे झूले थे
धन्य थे ये, धन्य है इनकी कहानी
भारत माँ के चरणों में समर्पित की जवानी

याद आते, भगत सिंह, राजगुरु, सुखदेव
युवाओं को दिल में साने चाहिए ये त्रिदेव
सिंह, असली सिंह था दहाड़ता सिंह समान
भारत माता का सपूत, शेर ए हिन्दुस्तान

तेरा संदेशा

तेरा संदेशा जब भी आता, दिल मेरा खुश हो जाता
झूम झूम के नाच नाच के तेरा संदेशा पढ़ता जाता
कागज में दिखता जो तेरा चहरा, वो मन को भाता
तेरा संदेशा जब भी आता, दिल मेरा खुश हो जाता

खत में लिखी कुछ ऐसी बातें
खत करता तेरी प्यार की बरसातें
याद आती बीती मुलकातें
खत तेरा तड़पाता, बहुत कुछ कहता
तेरा संदेशा जब भी आता, दिल मेरा खुश हो जाता

मैंने भी लिखा अब एक संदेश
प्यार समझ इसे या आदेश
ओ परदेशी आना है वापस अपने देश
दिल को कुछ ना भाता, तेरे बिन चैन ना आता
तेरा संदेशा जब भी आता, दिल मेरा खुश हो जाता

मेरा भी दिल नहीं लगता बिना तेरे
भरता रहता हूँ मैं कागज कोरे
तेरा खत पढ़ चैन आता दिल को मेरे
तेरे बिना दिल यहाँ मेरा रोता
तेरा संदेशा जब भी आता, दिल मेरा खुश हो जाता
झूम झूम के नाच नाच के तेरा संदेशा पढ़ता जाता

मन भावन सावन

मन भावन सावन आया रे मन भावन सावन
प्यार का मौसम लाया रे, मन भावन सावन

रिमझिम रिमझिम बारिश होती
टप टप टप ठंडी ठंडी बूँदे गिरतीं
सखिया मेरी सारी पिया संग प्यार करतीं
मेरी आँखें तेरा इंतज़ार करतीं
ये सावन तेरे बिना ना बीते आजा ओ मेरे साजन

मन भावन सावन आया रे मन भावन सावन
प्यार का मौसम लाया रे, मन भावन सावन

सावन का नजारा कैसे देखूं मैं सावन के मेले में
बिना तेरे कैसे झूलूं मैं सावन के झूले में
सूना सूना सावन लागे बिन तेरे क्या करूँ मैं अकेले में
बिना तेरे भाता नहीं सावन का मौसम

मन भावन सावन आया रे मन भावन सावन
प्यार का मौसम लाया रे, मन भावन सावन

वो सावन कितने अच्छे थे, साथ था तू चाँदनी रातों में
प्यार करता था तू मुझे सावन की बरसातों में
वक्त गुज़र जाता था सारा प्यार ही बातों में
याद आते हैं सावन के दिन वो पावन

मन भावन सावन आया रे मन भावन सावन
प्यार का मौसम लाया रे, मन भावन सावन

आया कैसा मंहगाई का राज रे

आया कैसा मंहगाई का राज रे
ठप हुए सारे काम काज रे

इतनी मंहगी हुई सब्जियाँ और दाल रे
सुन के भाव इन के, जनता हुईं बेहाल रे
मंहगा हुआ दूध, घी, मक्खन, मलाई भी
नहीं खा सकते नमक, खटाई भी
मंहगाई का रोना, रो रही जनता आज रे
आया कैसा मंहगाई का राज रे
ठप हुए सारे काम काज रे

अब हो गई इतनी मंहगाई रे
सपनों में भी नहीं दिखती मिठाई रे
कैसा कहर छाया मोरे भाई रे
करनी पड़ेगी सरकार से लड़ाई रे
और पहना ले भ्रष्ट नेताओं को ताज रे
आया कैसा मंहगाई का राज रे
ठप हुए सारे काम काज रे

अभी हुई थी मोरी नई नई शादी
मंहगाई ने कर दी मोरी बर्बादी
मंहगा हुआ इतना क्रीम, तेल, पाउडर
लाने जाता बाजार तो लगता है डर
आनी चाहिए नेताओं को, मंहगाई पे लाज रे

आया कैसा मंहगाई का राज रे
ठप हुए सारे काम काज रे

मंहगा हुआ समान सारा श्रृंगार का
कैसे इज़हार करूँ अपने प्यार का
घर से बीबी बाजार भगाती
बाजार में मंहगाई है सताती
आज गिरी हमारे ऊपर मंहगाई की गाज रे
आया कैसा मंहगाई का राज रे
ठप हुए सारे काम काज रे

घर में खाने को नइआ रोटी
बालों की कटिंग मंहगी, बाँधता हूँ चोटी
घर में कछु नइआ घर सूना सूना,
बैठ के रगड़ता चूना
मंहगाई का असर ऐसा,
शरीर कंकाल जैसा बना नमूना
कब आएगी सरकार मंहगाई से बाज़ रे
आया कैसा मंहगाई का राज रे
ठप हुए सारे काम काज रे

कपड़ों के इतने बढ़ गए दाम जी
चड्ड्ढी पे थिंगरा लगा के चलाते काम जी
आम आदमी कैसे खाए आम जी
विनती सुन लो, मोरे प्रभु रामजी
मेहनत से कमाते बर्तन माज माज रे

रामजी दौदेरिया

आया कैसा मंहगाई का राज रे
ठप हुए सारे काम काज रे

ज़मीन में सोना पड़ता टूट गई खटिया
खिंचता साइकिल बंद हुई फटफटिया
बढ़ गए दाम पेटोल डीज़ल के
मर गए हम तो चल चल के
पैरों में दर्द हुआ, कैसे कराऊँ इलाज रे
आया कैसा मंहगाई का राज रे
ठप हुए सारे काम काज रे

हम ने तो मिटा दिए सारे अरमान को
मंहगाई ने मारा बिचारे किसान को
चैन नइआ उस की जान को
सूख रहे खेत, पानी नइआ धान को
एक भी दाना घर ना आया, अनाज रे
आया कैसा मंहगाई का राज रे
ठप हुए सारे काम काज रे

मंहगी हो गई जौ, चना, मसूड़
दिवार में मारा हम ने अपना मूड़
कैसे बोऊ गेहूँ, बाजरा, सोयाबीन
खेत पे खड़े मंहगाई की बजाते बीन
सुनो कोऊ हमाई बीन की आवाज़ रे
आया कैसा मंहगाई का राज रे
ठप हुए सारे काम काज रे

पढ़ाई फीस की दइया, आसमा छू रही मात्रा
घर बैठ गए भईया, छात्र, छात्रा
डंक मारे तताइया, सुन किराए की मात्रा
बंद हुई मोरी मईया, यहाँ वहाँ की यात्रा
सपनों में भी देखने को ना मिलता जहाज रे
आया कैसा मंहगाई का राज रे
ठप हुए सारे काम काज रे

तुम ईद का चाँद हो

तुम ईद का चाँद हो कभी कभार नज़र आती हो
बादलों से घिर जाती हो या बादलों में छुप जाती हो

नैन तेरे जैसे चमकतें हो तारे
तुझे देखा तो लगा पास खड़ा चाँद हमारे
मैं नज़र मिलाता हूँ तुम कहाँ खो जाती हो
बादलों से घिर जाती हो या बादलों में छुप जाती हो
तुम ईद का चाँद हो कभी कभार नज़र आती हो

आँखे मेरी थक जाती हैं नज़रें आसमा तक जाती हैं
तुम आँखों से छुप जाती मगर दिल से दिख जाती हो
अपने प्रियतम को प्रिये क्यो सताती हो
बादलों से घिर जाती हो या बादलों में छुप जाती हो
तुम ईद का चाँद हो कभी कभार नज़र आती हो

चाँद में दाग है तुम बेदाग हो
संगीत में जो राग है तुम वो राग हो
हाल ए दिल अपना क्यों नहीं बताती हो
बादलों से घिर जाती हो या बादलों में छुप जाती हो
तुम ईद का चाँद हो कभी कभार नज़र आती हो

मंज़िल को पाना है

मंज़िल है दूर
हम रास्ते में खड़े मजबूर
मंज़िल को पाना है
कर के बताना
दुनिया को दिखाना है, जुनून
है जुनून, है जुनून, है जुनून
लक्ष्य पाने का जुनून..
गिर के उठना, उठ के गिरना
लगातार चलना है
हमें रुकना नहीं, आगे बढ़ना है
हमें आसमान में उड़ना है
बस आगे ही आगे बढ़ना है
जीत वाला है हमारा खून
है जुनून, है जुनून, है जुनून
लक्ष्य पाने का जुनून..

हवा हूँ हवा प्यार की

हवा हूँ हवा मैं प्यार की हवा हूँ
लगूँ मैं सब को लगूँ, दिल दर्द की दवा हूँ

जिस को भी लग जाऊँ, दिल में बस जाऊँ
नज़रों पे छाऊँ, दिमाग पर चढ़ जाऊँ
अशिकों को प्यार की राहों में दौड़ाऊँ
पहले भटकाऊँ फिर पागल बनाऊँ

प्यार भरी है मेरी कहानी
हर लड़का दीवाना, हर लड़की दीवानी
भूलना चाह फिर भी कोई मुझे भूल नहीं पाता
दिल की बैंक में बंद नहीं होता एक बार खुल जो खाता

हवा हूँ हवा मैं प्यार की हवा हूँ
लगूँ मैं सब को लगूँ, दिल दर्द की दवा हूँ

मैं आज़ादी, मैं ही मज़ा हूँ
कैद हूँ मैं, प्यार की मैं ही सजा हूँ
साज़ हूँ, राग हूँ, मैं प्यार का संगीत हूँ
हार हूँ मैं, प्यार की मैं ही जीत हूँ

अपनी हूँ, पराई हूँ, प्यार की परछाई हूँ
अशिकों का मेला हूँ, मैं ही तनहाई हूँ
मिलन हूँ मैं, मैं ही जुदाई हूँ
गम हूँ मैं, मैं ही खुशी की सहनाई हूँ

हकीकत हूँ मैं, मैं ही ख्वाब हूँ
सवाल हूँ मैं, मैं ही जवाब हूँ
ज़हर हूँ मैं, कहर हूँ मैं, मैं ही सवाब का
काँटों भरी राह हूँ, मैं ही प्यार का गुलाब हूँ

मौका हूँ मैं, प्यार का झौंका हूँ मैं
विश्वास हूँ मैं, प्यार का धोखा हूँ मैं
पास हूँ तो दिल की दवा हूँ
दूर हूँ तो तुझ से खपा हूँ

हवा हूँ हवा मैं प्यार की हवा हूँ
लगूँ मैं सब को लगूँ, दिल दर्द की दवा हूँ

उल्टा सारा खेल निराला

जय जय गोविंदा जय गोपाला
उल्टा सारा खेल निराला

चूहे ने बिल्ली को खाया
बिल्ली ने कुत्ते को खाया
फकीर को लगी पैसों की माया
कौआ, कबूतर ने पाउडर लगाया
कौआ सफ़ेद, कबूतर हुआ काला
जय जय गोविंदा जय गोपाला
उल्टा सारा खेल निराला

शाकाहारी शेर को जंगल में आया
हिरन ने उसे खाया
गधा बुद्धिमान, रेस ने फस्ट आया
घोड़ा बोझा ढोकर लाया
सब ने अंडा देने वाला मुर्गा पाला
जय जय गोविंदा जय गोपाला
उल्टा सारा खेल निराला

नाई ने मुकने की बनाई मूँछ दाड़ी
डांइवर ने चलाई बिना पहिए की गाड़ी
गुंडे नेता बनें, नेताओं ने फेके बम
मुर्दों को लगी फाँसी, ज़िंदो का हुआ पोस्टमाटम
भाग निकला बच कर मारने वाला

जय जय गोविंदा जय गोपाला
उल्टा सारा खेल निराला

कुछ नहीं उल्टा पुल्टा भाई
लँगड़े ने बहुत तेज़ दौड़ लगाई
गंजों ने करी सर पर डाई
चोर ने पुलिस की करी पिटाई
चोर को देख, भागा पुलिस वाला
जय जय गोविंदा जय गोपाला
उल्टा सारा खेल निराला

बहरे सुन रहें, गूँगे गा रहें गाना
अंधे तो फिल्म देख रहें, रंगीन ज़माना
शिकारी खुद फँस रहें जाल में डाल के दाना
एक महीने में बारह वर्ष, ऐसा कलेंडर है बनाना
चूहे से मार खा कर आया, हिम्मतवाला
जय जय गोविंदा जय गोपाला
उल्टा सारा खेल निराला

कुछ तो शर्म करो

कितना सुंदर नक्शा है
बदसूरत हर गली रस्ता है
नेताओं देश की हालत कर दी खस्ता है
पानी मंहगा, खून सस्ता है

गली गली सड़ी पड़ी
इंडिया आपस में लड़ी
रोज़गार को जनता खड़ी
जनसंख्या बहुत बड़ी

जहाँ लिखा करना मना, थूकना मना
वही थूक डाला, वही कर डाली
जहाँ लिखा धूम्रपान करना, पीना सख़्त मना
खोल कर बोतल वही पी डाली
जहाँ लिखा घूस देना, लेना सख़्त मना वहाँ घूस बिना,
फाइल आगे ना बढ़ने वाली
जहाँ लिखा पानी बहाना है मना
वही नल खोल सारी टंकी खाली कर डाली

अरे कुछ तो शर्म करो
मैं कब कहता हूँ देश के लिए मरो
लेकिन देश का नुकसान मत करो
यही धर्म, कम से कम यही कर्म करो
कुछ तो शर्म करो

सब की करतूत देखता बंदर

गाना गाता है एक सिंगर
सब की करतूत देखता बंदर

नाई की कटिंग
दर्जी की फिटिंग
बिजली का करैंट
बेईमान कंजूस का पेमैंट
मूर्ख की भी देखी चतुराई
बजते चोर के, जैसे कपड़ों की धुलाई

बच्चें मौज काटते, सोता टीचर
गाना गाता है एक सिंगर
सब की करतूत देखता बंदर

फिर बंदर ने देखा बनिये की दुकान पे
बंदर जा कर लटका हाथी के कान पे
बंदर ने देखे दुकान में फल लटके
बंदर झट पट कूदा सारे फल झटकें
बंदर ने भरा अपना पेट खा कर आम
तब जा कर उस ने किया आराम

दुकानदार घुस गया डर कर अंदर
गाना गाता है एक सिंगर
सब की करतूत देखता बंदर

तीनों लोक के स्वामी

तीनों लोक के स्वामी प्रभु अंतर्यामी

आप के चरणों में रखूँ अपना शीश
हाथ जोड़ विनती करूँ विनती सुन लो मेरी ईश
हमें सदबुद्धि सत्य मार्ग दिखाओ
बीच भँवर में हम फँसे मार्गदर्शक बन के आ जाओ
ज्ञान का प्रकाश है हम से दूर
अज्ञान के रास्ते में हम खड़े मजबूर
मार्गदर्शन करो प्रभु हमारा ज़रूर
दूर कीजिए प्रभु, हमारे राहों की खामी
तीनों लोक के स्वामी
प्रभु अंतर्यामी

आप के चरणों में रखूँ अपना शीश
हाथ जोड़ विनती करूँ विनती सुन लो मेरी ईश

बहिष्कार करो चीनी समान का

बहिष्कार करो चीनी समान का
स्वदेशी अपनाओ, मान बढ़ाओ हिन्दुस्तान का

चीन को दिखता, भारत में एक बड़ा बाजार
संकल्प करें हम, उखाड़ फेंके इस का व्यापार
स्वदेशी अपनाना भी देश भक्ति है
मिलती देश को इस से शक्ति है
नुकसान ना होने देना देश के किसान का
बहिष्कार करो चीनी समान का
स्वदेशी अपनाओ, मान बढ़ाओ हिन्दुस्तान का

नकली समान बेचते चीन के सौदागर
जान की बाज़ी लगाने वाले हम बाज़ीगर
हम ना खरीदेंगे चीन के समान को
झुकने ना देंगे भारत के सम्मान को
पैसों का नहीं सवाल, सवाल हमारे आत्मसम्मान का
बहिष्कार करो चीनी समान का
स्वदेशी अपनाओ, मान बढ़ाओ हिन्दुस्तान का

चीन के अंदर छल कपट और धोखा है
हाथ मिलाकर भारत से, साथ पाक का देता है
दिवाली हो, होली हो, ईद हो चाहे जो हो, हमारे त्योहार
चीनी समान का करेंगे बहिष्कार
चीनी खाना बंद करो, शौक रखो हिन्दुस्तानी खान पान का

बहिष्कार करो चीनी समान का
स्वदेशी अपनाओ, मान बढ़ाओ हिन्दुस्तान का

चीनी खान पान से आती है बीमारियाँ
पुनः प्रारंभ करें हम अपने खान पान की तैयारियाँ
चीन ने दिया है दुनिया को कोरोना
आज इस से सब को पड़ रहा है रोना
कातिल है बीमारी कोरोना, खतरा है इस से जान का
बहिष्कार करो चीनी समान का
स्वदेशी अपनाओ, मान बढ़ाओ हिन्दुस्तान का

दिल्ली को झोंक दिया दंगो की आग में

देश के दुश्मन हुए इकट्ठे शाहीन बाग में
दिल्ली को झोक दिया दंगो की आग में

किसी का मकान जला, किसी की दुकान जली
मानवता का कौन दुश्मन, किस ने ये चाल जली
दिल्ली दहल उठी, हुई है बेगुनाहों की मौतें
नहीं थम रही फिर भी दंगाईयों की साँसे
हाहाकार करते लोग, लगे हैं वहाँ से भागमभाग में
दिल्ली को झोक दिया दंगो की आग में

बापू ने सिखाया हमें आंदोलन करना अहिंसा से
सारा शहर जला दिया दंगाईयों ने हिंसा से
उजाड़ दिए किस नफ़रत में तुम ने लोगों के घर
ना संविधान से, ना सरकार से तुम्हें लगता डर
बंद करो गीत गाना नफ़रत की राग में
दिल्ली को झोंक दिया दंगो की आग में

पहले पढ़ो समझो आखिर क्या है कानून
यूँही मत बहाओ भाई होकर भाई का खून
हमारा ही घर फूँकती नफ़रत हमारी
भूल जाते देश के प्रति हम अपनी ज़िम्मेदारी

चंद लोग हैं जयचंद देश के,
पहले उन्हें झोंको चिंता की आग में
दिल्ली को झोक दिया दंगो की आग में
देश के दुश्मन हुए इकट्ठे शाहीन बाग में
दिल्ली को झोंक दिया दंगो की आग में

राम के मनके की माला

राम के मनके की माला हम सब को जपनी चाहिए
महावीर महापुरुषों की गाथा हम सब को पढ़नी चाहिए

भारत भूमि वीरों से ना थी, ना है, ना रहेगी सूनी
आज़ादी के खातिर वीरों ने होली खेली थी खूनी
हम शांति से रहें, औरों को भी शांत करना चाहिए
अनिवार्य अगर हो जाए तो हमें युद्ध करना चाहिए
राम कृष्ण की गाथा से हम को सीख लेनी चाहिए
राम के मनके की माला हम सब को जपनी चाहिए
महावीर महापुरुषों की गाथा हम सब को पढ़नी चाहिए

रास्ते अलग हो भले मंज़िल एक होनी चाहिए
गाँधी, सुभाष चन्द्र बोस से हम को ये सीख लेनी चाहिए
देश की सेवा के खातिर दिल में देश भक्ति होनी चाहिए
कुर्बान हो जाए हँसते हँसते ऐसी इच्छा शक्ति होनी चाहिए
भगत सिंह राजगुरु सुखदेव से हमें ये सीख लेनी चाहिए
राम के मनके की माला हम सब को जपनी चाहिए
महावीर महापुरुषों की गाथा हम सब को पढ़नी चाहिए

दुश्मन की सेना के आगे अकेले गर हम फँस जाए
टूट पड़े उन ऊपर कहर बन के पीछे वे हट जाए
हिमालय से हम डट जाए, अंतिम साँस तक लड़ जाए
चाह हम मर जाए, दुश्मन के हाथ कभी ना आए
आज़ाद की, आज़ाद वाली हमें आज़ाद सोच रखनी चाहिए
राम के मनके की माला हम सब को जपनी चाहिए
महावीर महापुरुषों की गाथा हम सब को पढ़नी चाहिए

प्रकृति प्रेमी शाकाहारी बनो

विनती मेरी सुनो
प्रकृति प्रेमी, शाकाहारी बनो

हरी सब्जीयाँ दाल रोटी मानव को नहीं भाते हैं
प्राणी हो कर, बेज़ुबान प्राणीयों को खाते हैं
महामारी संक्रामक बुलाते रोग हैं
शाकाहारी का महत्व नहीं समझते लोग हैं

मानव ना सुनता पशु पक्षियों की चीख पुकार
करते हैं इन पर अपार अत्याचार
प्रकृति से कर रहे हैं खिलवाड़
वन उपवन वृक्ष देते हैं उजाड़

बेज़ुबानों और प्रकृति से अगर ऐसे ही अत्याचार करते जाएंगे
महामारी या प्रकृति आपदा से मानव मरते जाएंगे
हम अगर शाकाहारी नहीं बनेगे
तरह तरह की बीमारी से हम मरेंगे

प्रेम करें हम प्रकृति से
अपनी माँ धरती से
बचानी होगी हमें वन उपवन पर्वत झील नदियाँ
दूर करनी होगी हमें अपनी सारी कमियाँ

मानव हो मानव रहो, ना बनो दानव अत्याचारी
प्रकृति से प्रेम करो भोजन करो शाकाहारी
प्रकृति प्रेमी, शाकाहारी बनो
विनती मेरी सुनो

कोरोना को हराएंगे

नमक रोटी खाएंगे, घर से बाहर ना जाएंगे
इंटरनेट चलाएंगे, घर से बाहर ना जाएंगे
पड़े पड़े सो जाएंगे, घर से बाहर ना जाएंगे
जब तक कोरोना को ना हराएंगे, घर से बाहर ना जाएंगे

परिवार के साथ वक्त बिताएंगे, घर से बाहर ना जाएंगे
बीबी का हाथ बटाँएगे, घर से बाहर ना जाएंगे
घर के सारे काम कराएंगे, घर से बाहर ना जाएंगे
जब तक कोरोना को ना हराएंगे, घर से बाहर ना जाएंगे

बच्चों को पढ़ाएंगे, घर से बाहर ना जाएंगे
कहानी सुनाएगे, घर से बाहर ना जाएंगे
संस्कार सिखाएंगे, घर से बाहर ना जाएंगे
जब तक कोरोना को ना हराएंगे, घर से बाहर ना जाएंगे

सब को रुकाएंगे, घर से बाहर ना जाएंगे
मास्क लगाएंगे, हाथ धुलाएंगे, घर से बाहर ना जाएंगे
देश भक्ति दिखाएंगे, घर से बाहर ना जाएंगे
जब तक कोरोना को ना हराएंगे, घर से बाहर ना जाएंगे

राष्ट्रीय सेवा

जो भी सेवा कर सके हम राष्ट्र के खातिर करना चाहिए
कुर्बानी अगर हो ज़रूरी हमें राष्ट्र के खातिर मरना चाहिए

छोटी छोटी बातों पर भी ध्यान देना देश भक्ति है
हर कार्य के प्रति जागरुक होना भी महाशक्ति है

बिजली, पानी हम बचाएं
पर्यावरण को नुकसान ना पहुँचाए

देश को स्वच्छ रखने के लिए झाडू हम उठाएं
ज़रूरत पड़े तो देश खातिर मर कर भी दिखाएं

राष्ट्र के खातिर हमें कभी पीछे ना हटना चाहिए
राष्ट्र हित के खातिर जो करना पड़े हमें करना चाहिए

जो भी सेवा कर सके हम राष्ट्र के खातिर करना चाहिए
कुर्बानी अगर हो ज़रूरी हमें राष्ट्र के खातिर मरना चाहिए!

सारे जग से महान है अपना भारत देश
सारे जग को दिया इस ने मानवता का संदेश

अपने कर्तव्य का हम अच्छे सच्चे मन से पलान करें
धन कमाने के चक्कर में देश से ना पलायन करें

देश हो सर्व प्रथम ऐसा हम धर्म रखें
उन्नति हो देश की ऐसा हम कर्म रखें

राष्ट्र की एकता अखंडता हम हमेशा बना कर रखें
राष्ट्र की खुशहाली को हम हमेशा सजा कर रखे

राष्ट्र भक्ति को हमेशा मन के अंदर रखना चाहिए
इस भाव से हमें हमेशा आगे आगे चलना चाहिए

जो भी सेवा कर सके हम राष्ट्र के खातिर करना चाहिए
कुर्बानी अगर हो ज़रूरी हमें राष्ट्र के खातिर मरना चाहिए!

मेरा देश मेरा भगवान है

प्राणों से प्यारा हिन्दुस्तान है
मेरा देश मेरा भगवान है
दुनिया के लिए ये वरदान है
सर्वश्रेष्ठ संस्कृति इस की महान है

प्राणों से प्यारा हिन्दुस्तान है
मेरा देश मेरा भगवान है!

दुनिया को भारत ने वेद ग्रंथ पुराण दिए
मरती दुनिया से संस्कृति में फूँक नए प्राण दिए
ना अंत हुआ ना होगा कभी हमारी संस्कृति सनातन का
जग में कल्याण होगा, सनातन संस्कृति से जन जन का

इतिहास में हमारी महानता के अनंत प्रमान है
प्राणों से प्यारा हिन्दुस्तान है
मेरा देश मेरा भगवान है!

हम ने दुनिया को नमस्ते सिखाया
छुआछूत की महामारी से बचाया
जो हमारी संस्कृति का पालन नहीं करते
बाद में पछताते और हानि अपनी करते

संस्कृति हमारी पूरी तरह विज्ञान है
प्राणों से प्यारा हिन्दुस्तान है
मेरा देश मेरा भगवान है!

हम ने दुनिया को बुद्ध दिए, युद्ध में भी हम आगे हैं
शास्त्र, शस्त्र का ज्ञान सीखने सारे जग से लोग आते हैं
जब जब मृत्यु हो मेरी जन्म मिले भारत धरती में
मनोकामना यही करता मैं अपनी विनती में

सारे जग से वीर बलवान युद्धा हमारे जवान हैं
प्राणों से प्यारा हिन्दुस्तान है
मेरा देश मेरा भगवान है!

जन जन को जब जब जग ने मरण किया
हम ने जन जन को तब तब शरण दिया
शरणार्थियों को भी हम ने अन्न जल ज्ञान दिया
ज्ञान का उजाला बाँटा, जग से दूर अज्ञान किया

सारे जग का पालन पोषण की क्षमता रखते हमारे किसान हैं
प्राणों से प्यारा हिन्दुस्तान है
मेरा देश मेरा भगवान है!
दुनिया के लिए वरदान है
सर्वश्रेष्ठ संस्कृति इस की महान है
प्राणों से प्यारा हिन्दुस्तान है
मेरा देश मेरा भगवान है!

देशद्रोहियों को हरगिज ना माफ़ करो

देशद्रोहियों को हरगिज ना माफ़ करो
इन सुअरों को सीधा साफ़ करो

देश द्रोही का जो काम करें
देश नाम बदनाम करें

हरगिज उसे ना माफ़ी दो
ज़िंदा जला दो या फाँसी दो

देश द्रोही की सजा कड़ी होनी चाहिए
रूह उनकी काँपे सामने मौत खड़ी होनी चाहिए

देशद्रोहियों को कुत्ता कहना अपमान है कुत्तों का
सजा ऐसी दो ध्यान आ जाए उन्हें सात पुश्तों का

देश के दुश्मन के जो बन बैठें यार
ज़िंदा ना बचने पाए अब कोई भी गद्दार

देश के दुश्मन के साथ उन्हें भी मार दो
चुन चुन के एक एक दुश्मन को संहार दो

चोरी से कोई घुसे देश में घुसपैठी, उन को हरगिज ना माफ़ करो
कानून ऐसे कड़े बना दो, देश से घुसपैठियों को साफ़ करो

देशद्रोहियों, देश के दुश्मन की सीधी छाती फाड़ दो
ज़िंदा जला दो या ज़मीन के अंदर गाड़ दो

देश से दुश्मनी करने से पहले सैंकडों बार विचार करें
अपने देश का सपनों में कभी ना शिकार करें

हमें देश के दुश्मन के प्रति सख़्त होना चाहिए
गर्म खोलता हुआ हमारा रक्त होना चाहिए

हे माँ शारदे

हे माँ शारदे
हमें माँ तारदे

हे माँ इतना वर दे
अज्ञान दूर कर दे

राह दिखाओ
ज्ञान तक पहुँचाओ

अज्ञान अंधकार का माँ भार उतार दे
बीच भँवर में फँसी है नैया, मैया कर पार दे

हे माँ शारदे
हमें माँ तारदे!

करते हैं हम सदा आप की भक्ति
मजबूत कर माँ हमारी आत्म शक्ति

अज्ञान का अंधकार दूर कर दे माँ सारे संसार से
पूर्ण कर दे माँ जन जन को ज्ञान के भंडार से

अज्ञानी पर माँ दया कर दे
हमारा डर माँ दूर कर दे

रामजी दौदेरिया

ज्ञानशक्ति हमें माँ अपार दे
खोल माँ ज्ञान के भंडार दे

हे माँ शारदे
हमें माँ तारदे!

हर हृदय हो माँ ज्ञान का सागर
कभी ना फूटे माँ ज्ञान की गागर

सत्य मार्ग के हम सदा राही बनें
दूसरों के दुख में सदा सुखदाही बनें

भक्ति में आप की हम रमे रहें
सत्य मार्ग पे सदा हम जमे रहें

अज्ञान अंधकार का माँ भार उतार दे
बीच भँवर में फँसी है नैया, मैया कर पार दे

हे माँ शारदे
हमें माँ तारदे!

बच्चें देश का भविष्य

पक कर मजबूत बनना अंदर से, ना रहना तुम कच्चे से
हे बच्चों जो काम करो तुम करना अच्छे से
पढ़ना, खेलना मन लगा कर सच्चे से

कहानी महापुरुषों की सुनना
अपने मन में उन्हें गुनना
उन के जैसा तुम्हें हैं बनना
ज्ञान संस्कार की भट्टी में तुम्हें है तपना

पक कर मजबूत बनना अंदर से, ना रहना तुम कच्चे से
हे बच्चों जो काम करो तुम करना अच्छे से
पढ़ना, खेलना मन लगा कर सच्चे से

डॉक्टर हो इंजीनियर हो तुम वैज्ञानिक हो कल के
दिखाना है तुम्हें कठिन राहों पर चल के
भविष्य के लेखक पत्रकार तुम ही हो नेता
हर खेल के खिलाड़ी तुम ही हो अभिनेता

कल के तुम जवान तुम किसान, मत भूलो तुम वीरों की संतान हो
भारत का भविष्य तुम कल की आन मान शान हो
बदल दोगे तुम सारे जहान को
सबसे आगे सब से ऊपर पहुँचाओगे हिन्दुस्तान को

पक कर मजबूत बनना अंदर से, ना रहना तुम कच्चे से
हे बच्चों जो काम करो तुम करना अच्छे से
पढ़ना, खेलना मन लगा कर सच्चे से

उजयाला अंधयारा एक जीवन चक्र

उजयाला सब को भाता है
हर इंसान खुश हो जाता है

पर जब अंधेरा आता है
इंसान डर क्यों जाता है

अंधेरे से मत डरो इस से लड़ो
इस के सामने मजबूती से अड़ो

जो हर कठिनाई से लड़ जाते हैं
जी जान से भिड़ जाते हैं

वो सच्चे सूरमा होते
संसार के सामने जो कभी ना रोते

हर मुश्किल से जीत जाते
चैन की बंसी बजाते गीत गाते

कष्टों में भी हँस के जीते हैं
अमृत बाँट, विष पीते हैं

धीर वीर गम्भीर कहलाते हैं
जो मुस्कुरा कर तीर सहजाते हैं

हमे डरना नहीं चाहिए अंधेरे से
कष्ट और दुख के इन फेरे से

अंधेरे के बाद उजाला आता है
जो हर इंसान को भाता है

उजयाला और अंधयारा जीवन का एक चक्र है
हम जीवन ऐसा जिए, लोग कह इस पर फक्र है

इंसान हैं इंसान बने हम

इंसान हैं इंसान बने हम
ना देवता ना शैतान बने हम

धीर वीर गम्भीर बने हम
युद्ध जीतने का तीर बने हम

दुश्मन कैद करने की जंजीर बने हम
ईर्ष्या और घमंड से फकीर बने हम

ज्ञानी जैसे कबीर बने हम
जीत तिलक का अबीर बने हम

मनपसंद सब की मीठी खीर बने हम
सुंदर ऐसे जैसे कश्मीर बने हम

सब की सफल तकदीर बने हम
दिल में बसने वाली तस्वीर बने हम

इंसान है इंसान बने हम
ना देवता ना शैतान बने हम

गिलहरी से सीखो

गिलहरी को क्या देखा कभी
काम करती जो, हम ना करते सभी

बीज उठा उठा ले जाती
ज़मीन के अंदर गाड़ जाती

फिर वो उस को भूल जाती
पर्यावरण में योगदान अपना दे जाती

बीज फिर वो अंकुरित हो जाते
एक दिन छाया फलदार पेड़ हो जाते

हम को वायु देते
एक लम्बी आयु देते

गिलहरी का काम परोपकारी
हम हैं उस के आभारी

हमें भी गिलहरी से सीखना चाहिए
अच्छे काम कर भूल जाना चाहिए

रामजी दौदेरिया

किसान का सच्चा मित्र

किसान का सच्चा मित्र है केंचुआ
किसान के खेतों के लिए हल हुआ

ज़मीन के अंदर घुसता जाता
किसान संग परिश्रम करता जाता

अंदर खेत की मिट्टी करता नर्म
मेहनत से करता अपना कर्म

मिट्टी खेत की पोली हो जाती
फसल खूब लहराती

इंसान बहुत विचित्र होते
ना पता इन्हें कौन प्राणी इनके मित्र होते

हम हैं इस के आभारी
ये काम करता सदा परोपकारी

मित्र है पक्के किसान केंचुआ
केंचुआ किसान के लिए वरदान हुआ

कभी ना इस को मारना चाहिए
खेत से ना निकाल ना चाहिए

मधुमक्खी रानी

मधुमक्खी रानी
काम करती सयानी

फूलों से रस ले कर आती
मिलकर सारा छत्ता बनाती

फिर जाती फिर आती
रहती है आती जाती

बूँद बूँद कर फूलों से रस लाती
फिर वापस जाती फिर रस लाती

मिलकर फिर शहद बनाती
खुद उसे वो खा नहीं पाती

वो शहद इंसानों के काम आती
दवाई में चलती सेहत बनाती

मधुमक्खी के छत्ता में फेंक कर हम पत्थर मार जाते
शहद पूरा बन ना पाता, नुकसान अपना कर जाते

तब मधुमक्खी रानी
हो जाती हम से खिसयानी

हमारे चहरे पर काट जाती
आखिरकार शहद हमें बाँट जाती

मुँह हमारा फुला जाती
चहरा सुजा जाती

काम वह करती नेक
हम पत्थर फेंक

देते उसे कष्ट अनेक
शहद को उसकी हम देते बेक

पैसे कमाते
शहद को खाते

सेहत अपनी बनाते
उस के प्रति सोच ना पाते

उस की शहद से सेहत बनती हमारी
प्रणाम मधुमक्खी को, है परोपकारी

कुआँ नदी और परिश्रम का फल

परिश्रम कर के खाओगे
चल के अगर जाओगे

चल के मीठा मिलेगा फल
और मीठा मिलेगा जल

नदी और कुआँ है
कुआँ का पानी मीठा हुआ है

क्योंकि इंसान कुआँ के पास चल कर आते
परिश्रम करते रस्सा चलाते

नीचे से ऊपर आता उस का नीर
गर्म चलती फिर भी ठंडी लगती हमें समीर

अगर हम नहीं जाएंगे चल
तो मीठा नहीं मिलेगा फल

हमेशा पीना चाहिए कुएँ से निकाल कर जल
अगर हम परिश्रम नहीं करेंगे तो क्या खाएंगे कल

अब नदी की भी बात सुनो वह सुनाती आती है
अपनी लहराती चाल में गुनगुनाती जाती है

बहती बहती
वह कहती

मेरे पास क्यों आ रहे
हम जल जल बहा के ला रहे

बैठा था मैं नदी किनारे
घाट के सहारे

गला सूख रहा था प्यास के मारे
प्राण निकल रहे थे हमारे

देखा मैंने पानी को आते
सोचा बिना महेनत प्यास बुझाते

जैसे ही पीया मैंने नदी का जल
ऐसा लगा जैसे अंदर शरीर गया जल

बिना परिश्रम का था ये फल
इसलिए गर्म मिला मुझे जल

वापस मैं कुआँ पर आया
परिश्रम कर रस्सा चलाया

तब जा कर मीठा जल मिला
परिश्रम का असली फल मिला

बात आखिर समझ में आई
फलेगी सिर्फ महेनत की कमाई

घर की लक्ष्मी बेटी

आसमा होती जमी होती
बेटी घर की लक्ष्मी होती

क्या बुराई नज़र आती आखिर बेटी में
पैदा हो भी जाए तो बंद कर के फेंक देते उसे पेटी में

बेटी सब चाहते पर अपने घर नहीं
बात कड़वी है मगर है सही

बहु के लिए सब फिरते दर बदर
बहु को रखेंगे बेटी बना कर, ब्याह हो जाए बेटे का अगर

ऐसा कहना अच्छी बात है
पर झूठ ये तुम्हारी बात है

जब बेटी हुई थी तुम्हें एक रात में
ले जाकर पानी में बहाया था तू ने उसे बरसात में

अब क्यों ढोग रचाती हो
अपनी सच्चाई क्यों छुपाती हो

तुम्हारे घर बहु कैसे आएगी
समाज में अगर बेटी पैदा ना हो पाएगी

रामजी दौदेरिया

बेटियों को समान अधिकार दो
उन्हें भी प्यार दुलार दो

बेटी है पूजनीय है भाग्य विधाता
बेटी नवरात्रि की नव माता

आसमां होती जमीं होती
बेटी घर की लक्ष्मी होती

दहेजी भिखारी

बड़े बड़े लोग अब भिखारी हो रहे
दहेज के पीछे कैसे शिकारी हो रहे

ऐसा लगता बेटे का जैसे सौदा कर रहे
दहेज रूपी भीख से जेबे अपनी भर रहे

भीख अगर ना मिले तो बहु पर अत्याचार करते हैं
पीड़ा और उत्पीड़न उस से अपार करते हैं

बेटी का बाप कर्ज लेकर बेटी को विदा कर पाता है
फिर जीवन भर वह कर्ज नहीं अदा कर पाता है

दहेज अपराध है लेना और देना
मानता कौन उपदेशों का कहना

हमारे देश में अभी भी भीख प्रथा चल रही है
इस के आगे कानूनी मार भी कमज़ोर पड़ रही है

बड़े बड़े लोग अब भिखारी हो रहे
दहेज के पीछे कैसे शिकारी हो रहे

संघर्ष कर जीवन से

आगे बढ़, डर निकाल तू अपने मन से
जीतना है तो संघर्ष कर तू जीवन से

संसार रण है, नर योद्धा है, जीवन संग्राम है
संघर्ष कर, संघर्ष ही जीवन का काम है

ज़िंदगी का सबसे बड़ा खजाना है
कर के दिखाना जो मन में ठाना है

ज़िंदगी में अपना हुनर आज़माना चाहिए
मंज़िल मिले, ना मिले रास्ता ज़रूर चलना चाहिए

छोड़ कर आराम
पाना है मुकाम

बढ़ना होगा हमें आगे निरंतर
परिश्रम ही सफलता का जादूमंतर

आगे बढ़, डर निकाल तू अपने मन से
जीतना है तो संघर्ष कर तू जीवन से

सब को जगाना है

जागरुक करना सब को जगाना है
कोरोना से लड़ना इसे मार भगाना है
शपथ लो घर पर ही रहना है
सब को अब यही कहना है

कोई भी घर से ना निकले इक्कीस दिन
कृपया देश के खातिर रह लो घूमे बिन
ज़रूरी हो देश खातिर रामजी करता विनती
अनगिनत दिन घर में रहना, ना करना गिनती

कृपया लॉक डाउन का पालन करें सभी
देश से कोरोना का खात्मा होगा तभी
मुख्य द्वार को समझे लक्ष्मण रेखा, बाहर ना निकले बिल्कुल भी
हम बचे घर परिवार को बचाएं और बचाए देश को भी

जब हम करेंगे अच्छे से लॉक डाउन का पालन
निश्चित होगा अपने देश से कोरोना का पलायन
सरकार सही काम कर रही, ज़िम्मेदारी बनती हमारी
बात मान सरकार की, देश से भगाए कोरोना महामारी

देखना ये है

रात तो गुजर ही जाएगी समय के साथ साथ
अब देखना ये है दीप जलाता कौन कौन है
अंधेरा तो ढल ही जाएगा समय के साथ-साथ
अब देखना ये है उजाला करता कौन-कौन है
बुरा समय तो टल ही जाएगा समय के साथ-साथ
अब देखना ये है साथ आता कौन-कौन है

मंज़िल तो मिल ही जाएगी रास्ता चलते-चलते
अब देखना ये है रास्ते में ठोकरें आती कितनी हैं
सफल तो हो ही जाएंगे महेनत करते-करते
अब देखना ये है फल मिलने में देर लगती कितनी है
भगवान के दर्शन तो हो ही जाएंगे भक्ति करते करते
अब देखना ये है भक्ति में शक्ति कितनी है

अनुभव तो हो ही गया सफ़र में बढ़ते-बढ़ते
अब देखना ये है सही रास्ता बताता कौन-कौन है
सच्चाई तो बता ही देंगे अदालत लगते लगते
अब देखना ये है झूठ बोलता कौन-कौन है
ज़िंदगी से जंग तो जीत ही जाएंगे लड़ते-लड़ते
अब देखना ये है मौत से पहले अपना कौन-कौन है

रात तो गुजर ही जाएगी समय के साथ-साथ
अब देखना ये है दीप जलाता कौन-कौन है
अंधेरा तो ढल ही जाएगा समय के साथ साथ
अब देखना ये है उजाला करता कौन कौन है
बुरा समय तो टल ही जाएगा समय के साथ साथ
अब देखना ये है साथ आता कौन कौन है

www.ingramcontent.com/pod-product-compliance
Ingram Content Group UK Ltd.
Pitfield, Milton Keynes, MK11 3LW, UK
UKHW021311160826
14477UKWH00023B/369

9 789389 984187